별은 하늘에서 빛나야 아름답고,
당신은 내 안에서 빛나야 아름답습니다

별은 하늘에서 빛나야 아름답고,

당신은 내안에서 빛나야 아름답습니다

초판 1쇄 인쇄 2016년 10월 21일
초판 1쇄 발행 2016년 10월 21일
지은이   이 세 혁
펴낸이   손 형 국
펴낸곳   해피소드
출판등록 2013. 1. 16(제2013-000004호)
주소   153-786 서울시 금천구 가산디지털 1로 168,
       우림라이온스밸리 B동 B113, 114호
홈페이지 www.book.co.kr
전화번호 (02)2026-5777
팩스   (02)2026-5747

ISBN   978-89-98773-1-3 03810

별은 하늘에서 빛나야 아름답고,
당신은 내 안에서 빛나야 아름답습니다

이세혁 **시집**

행복한 이야기 **해피소드**
HAPPISODE ™

시인의 말

　　오랜 시간, 책장에 꽂혀 있던 초판본의 처녀시집을 꺼내어 필사하는 내내, 고치고 또 고치고 싶다는 강한 유혹에 휩싸였습니다.

　　하지만 그 순수함에 때를 묻히기 싫다는 마음 또한 들었습니다. 그때는 그때로서의 아름다운 면이 있기 마련이고, 지금은 지금으로서의 아름다운 면이 있기 때문입니다.

　　세월이 흘렀습니다.

　　스물세 살 청년 시인이던 그 시절의 나를 추억하며, 부족한 시편들이지만 있는 그대로 세상에 내보냅니다.

2016년 11월
이세혁

■ 시인의 말

1부_ 사랑의 향기는 너를 감싸고

3부_ 그대가 있는 곳에서 살고 싶다

4부_ 사랑했던 날들은 숨어버렸다

5부_ 밤새 눈물로 쓴 편지를 기쁨에게 보내어

1부

—

사랑의 향기는
너를 감싸고

序_ 제목 없는 시 1

그 사람을 사랑하고 있는데
그 사람 때문에 자신의 삶 전체가 흔들리고 있는데
정작 자신은 그 사람의 손가락 하나조차도
흔들지 못하는 슬픈 현실

눈물 같은 그 사랑으로 인해
가슴 아파해본 적 있는 이들은 알 것이다
소리 없는 사랑의 울먹임이 그 얼마나 고통스러운지를

기쁜 마음으로 그 사람 이름을 불러보다가도
못내 슬픔으로 채워지고 마는 가슴
그 이율배반적인 가슴 하나 꼭 부여안고
다시 되돌릴 수도 없는 시간의 흐름을
한 번쯤은 원망해보았던 이들에게

별은 하늘에서 빛나야 아름답고,
당신은 내 안에서 빛나야 아름답습니다

당신을 만나기 위해
나는 이미 오래전부터 길고 긴 여행을 시작했습니다.

이곳에서 택한 삶의 그 어떤 시련들도
당신만을 생각하면,
당신과 나의 사랑을 위해서라면
쉽게 견딜 수 있었고, 이겨낼 수 있었습니다.

기억하시는지요,
별과 별 사이에서 우리가 나누었던 그 속삭임을.
더 이상 서로 가까이 다가갈 수 없는
그런 운명이었지만
그 어느 것보다도 우리는 하늘에서 빛나는 별이었기에
아름다웠습니다.
그 어느 별보다도 우리는 가까이 있었기에
아름다웠습니다.

그러나 대우주의 흔들림으로
당신이 먼저 이곳에 오게 되었습니다.
나 또한 당신을 따라 이곳에 오게 되었습니다.
그리하여 당신과 같은 인간으로 태어나

수없이 많은 날들을 헤매었습니다.
이제, 나는 당신을 만났습니다.

다시 그때처럼
별과 별 사이에서의 속삭임으로 사랑할 수 없다 하여도
우리 서로 인간의 언어와
인간의 방식으로 사랑하며 함께 할 수는 있습니다.

아시는지요,
별은 하늘에서 빛나야 아름답고
이제 당신은 내 안에서 빛나야
한없이 아름답다는 것을.

서 시

언제부터인가 나는
대우주의 자유를 꿈꾸었지만
또한 나는
내 안의 슬픔을 꿈꾸었다.
그러면서 내 삶과 혼의 무너진 모습을 알았으며
남을 사랑하는 것보다
나를 사랑하기가 더 힘겹다는 걸 알게 되었다.
그런 것이 바로 삶이라는 것 또한 알게 되었다.
그럴수록 난 무한한 욕망 안에
내 자신을 가둬두려 했다.
절망은 바람과 함께 허공 속에 묻으려 했으나
그리하지 못했으며,
희망은 사랑과 함께 내 가슴속에 묻으려 했으나
그것 역시 그리하지 못했다.
그저 꿈만 꾸었을 따름이다.
하지만 나 약속하리라.
내 삶과 같이 떠도는
저 낙엽들에게 약속하리라.
낮엔 열정에 들떠 있는 태양처럼
밤엔 알 수 없는 듯

별은 하늘에서 빛나야 아름답고,
당신은 내 안에서 빛나야 아름답습니다

자신의 모습을 비추며 떠 있는 별들처럼
나 그렇게 살아갈 것이라고….

사랑을 사랑과 같다고 말하지 말라

저마다 사랑하는 방식은 각기 다 달라도
사랑하는 데는 이유가 필요치 않다.
서로를 염려해주는 마음과 그리워하는 마음이
하루를 지배하고
그 하루가 가면
또 다른 하루를 그 마음들이 지배하게 된다.

그런데 당신!
그래, 당신 말이야!
사랑을 사랑과 같다고 말하는
철부지 당신의 삶에서
사랑을 제외하면 그 무엇이 남을까?
당신의 그 알량하고도 고상한 정신만이
외로움에 지쳐
그동안의 생각들을 버리고 싶을 뿐이겠지.
기억해,
당신은 이미 오래전부터 사랑을 해왔다는 걸 말이야.

별은 하늘에서 빛나야 아름답고,
당신은 내 안에서 빛나야 아름답습니다

스무 살 시절

저기를 보라
흐려진 기억의 저편을
당신은 기억하는가
뜨거운 눈물이 흘렀던 순간을
언제부턴가 당신이 돌보지 않아 차갑게 변해버린
당신 앞에서 숨어버린
그 시절을
당신이 절대 있을 수 없을 거라 생각했던
말로만 들어보았던 그 시간 속으로
당신의 몸과 마음을 맡긴 채 건너온 시간들을

저기를 보라
바람이 당신의 머릿결과 함께 놀았던 곳
당신이 첨 세상에 대해 눈을 떴던 곳
그곳엔 당신의 사랑과 아직도 잠들지 않은
뜨거운 눈물이 흐르고 있다

원한다면
언제라도 그곳에 다시 갈 수 있는 당신이기에
저기를 보라
흐려진 기억의 저편을

저기, 바로 저기를 보라

별은 하늘에서 빛나야 아름답고,
당신은 내 안에서 빛나야 아름답습니다

슬픔은 그저 우리들을
가만히 지켜보고만 있는데도

또 그랬다
또 나는 내 마음에 슬픔을 뿌렸다
아무도 볼 수 없게
그 누구에게도 들키지 않게
나는 또 남몰래 내 마음 깊숙이 슬픔을 뿌렸다

나로 인해 뿌려진 슬픔이
내 안에서 나를 주시한다
슬픔
그것은 아무것도 아닌 존재
슬픔
그것은 그저 우리들을 가만히 지켜보고만 있는데도
세상은 슬픔에 의해 지배되고
사람들은 저마다 슬픔 때문에 괴로워한다
그리고 난 슬픔으로 인해 기도한다
그것이 내게서 멀어져가게 해달라고
다시는 이런 기도를 하지 않게 해달라고
이것이 삶에서 마지막 기도가 되게 해달라고
그렇게 나는 목놓아 그 누군가를 부른다
그런데, 누가 나를
누가 우리를 슬프게 하였는가

그건 바로 내 자신
우리 자신들이다
슬픔은 그저 우리들을 가만히 지켜보고만 있는데도

별은 하늘에서 빛나야 아름답고,
당신은 내 안에서 빛나야 아름답습니다

첫눈 내리는 날에

1
겨울은
사랑하기에 좋은 계절이기는 하나
외롭고 쓸쓸한 가슴을 가진 이들의
마음이 아픈 계절이다
하늘은 그걸 아시는지 모르시는지
올해에도 어김없이 첫눈을 내리신다

2
첫눈이 내린다
하얗게 물들어가고 있는 세상을 바라보며
나는 이 첫눈만큼이나 맑고 순결한 그대 입술에
입맞추고 싶다
그대 가슴속 깊이 내 머리를 묻고
잠시 잠들고 싶다
이제 그만
나에게 아픈 계절을 끝내고 싶다

사랑이 걸릴 수 있도록 감추다

어떤 이가 나에게
사랑을 걸어주었던 자리는 없었다.

내가 그 어떤 이에게
사랑을 걸어주었던 자리는 있었다.

사랑을 걸어주었던 그 자리에
얼마 후, 다른 이의 사랑이 걸려 있었다.
그 자리에 걸려 있던 나의 사랑을
뽑아내고 싶었었지만
이미 늦었다는 걸 알았다.
다른 이의 사랑이 나의 사랑을
덮어가고 있었기 때문이다.

나는 그 어떤 이에게
나의 모든 것을 보여주었다.
감추어야겠다.
나를, 아니 내 삶을 감추어야겠다.
나에게 사랑이 걸릴 수 있는 자리가 남겨지도록
그렇게 감추어야겠다.

별은 하늘에서 빛나야 아름답고,
당신은 내 안에서 빛나야 아름답습니다

세혁이가 태어나서 처음으로
일출 광경을 바라보았을 때

태양은 다 떠올랐다.

순간, 저 태양이 내 마음속으로 들어왔다.

이제야 나는 무거워진다.

내 젊음에 대해서….

세혁이가 태어나서 처음으로
그 누군가에게 사랑을 고백했는데

마치 부딪치는 물결처럼

나는 당신을 부딪쳤습니다.

그래서 사랑을 고백했습니다.

하지만 당신은

그 커다란 입으로 나를 삼켜버렸습니다.

앞이 막막해 아무것도 보이지 않았습니다.

나는 당신의 입 속이 너무나 어두워

죽고만 싶었습니다.

별은 하늘에서 빛나야 아름답고,
당신은 내 안에서 빛나야 아름답습니다

두 가지 눈물의 의미

내 눈물의 의미는
그저 그대 한 사람 때문에 흐르는
불완전한 한 인간의 눈물일 뿐입니다.

그러나
그대 눈물의 의미는
세상 모든 것들을 사랑하는 마음으로
아름다움에 감격하는
깊고도 넓은 바다 같은 눈물입니다.

내가 그대 외에 다른 것들을 사랑하지 못하는 것이
아픔입니다.
그대가 나 외에 다른 것들을 사랑하는 것이
슬픔입니다.

스무 살, 그대와 나

스무 살, 머리에 꽃핀 꽂고 동네방네
나들이하는 아가씨야,
그대는 내 사랑을 모르시겠지.
그대가 내 안에 들어와 씨앗을 뿌려
이토록 커진 내 사랑이 이제 막 꽃을 피웠다는 걸
모르시겠지.
스무 살에 사랑만 받고
스무 살에 버림만 받는
그대와 나의 그 거대한 벽을 모르시겠지.

별은 하늘에서 빛나야 아름답고,
당신은 내 안에서 빛나야 아름답습니다

부 탁

너의 가슴을 열어라
내가 네 안에 들어갈 수 있도록
찢겨진 너의 멍든 가슴을 내가 달래줄 수 있도록
현재의 너와 나의 상처를
사랑으로 치유할 수 있지 않느냐
그러니 어서 너의 가슴을 열고
이제 그만 나를 받아들여라

사랑하고 있으면서도
또다시 사랑하지 않았으면 하는
거짓으로 인도하지 말라
그리하여 너를 실없는 인간으로 만들지 말라
나는 그런 인간이 되지 않기 위해
마음 가는 대로 너에게 다가가리라

향 기

비가 내린다.
수많은 저 풀잎에도 비가 내린다.
빗방울이 그것들을 건드릴 때마다
순간의 떨림 떨림으로 반응하는 풀잎,
저 많은 풀잎.
나는 그 모습을 바라보며 무엇을 생각하고 있는가.

어느새 비는 그쳤고
은은히 배어나오는 풀잎 향기,
더욱 짙어지는 그 향기.
나는 또 그 향기에 젖어 무엇을 생각하고 있는가.

사랑 또한 그러한 것이리라.
누군가 내 가슴속 깊이 숨겨진 은밀한 사랑을
계속해서 건드렸다.
그것에 반응하는 떨림 떨림으로
사랑의 향기는
내 안에서 은은히 배어나와
너를 감싸고
너의 주변을 감싸고
세상의 모든 것을 감싼다.

별은 하늘에서 빛나야 아름답고,
당신은 내 안에서 빛나야 아름답습니다

그대여, 두려움을 거두십시오

내게 주어진 너무 많은 날들이 있습니다.
그 숱한 날들 속에
내 따뜻한 가슴으로 포근히 감싸안아주고픈
그대가 지금 내 앞에 있습니다.

그대여,
두려움을 거두십시오.
우리는 하나 되기 위해 만난 것입니다.
사랑하고 또 사랑하기 위해,
끊임없이 서로를 사랑하기 위해
그대와 내가 만난 것입니다.

그대여,
두려움을 거두십시오.
사랑은 영원한 것이라고
굳이 말하지 않겠습니다.
다만, 영원은 사랑 앞에서 존재하는 것이라고
말하고 싶을 뿐입니다.

2부

—

나무가 잎을 흔들어댈 때

나는 위안이 된다

그저 그대 곁에 있을 수만 있다면

그대가
사랑의 향기로 유혹하는
한 송이 꽃이라면
나는
그대의 향기 먹고사는
한 마리 꿀벌이고 싶다.

그대가
이 세상 모든 것을 속속들이 밝혀주는
해님이라면
나는
그대만을 바라보며 사랑하는
해바라기이고 싶다.

그대가
어두운 세상이 걱정되어
은은하게 세상 밝혀주는
달님이라면
나는
별 하나이고 싶다.
그대 옆에서

덤으로 세상 밝혀주는 별 하나이고 싶다.

그 무엇이라도 좋다.
그저 그대 곁에 있을 수만 있다면….

별은 하늘에서 빛나야 아름답고,
당신은 내 안에서 빛나야 아름답습니다

아름다운 눈

나는 그대에게
그대는 나에게
좋은 것들만 바라볼 수 있는 아름다운 눈이 되어주어
함께 가자.

사랑을 하다가

사랑을 하다가
슬픔에 젖어 힘겨워지면
그대 자신을 알려 하지도 말고
그 사랑을 알려 하지도 말고
차라리 강물을 알며
그 강물이 흐르지 못하도록 못을 박아라.

별은 하늘에서 빛나야 아름답고,
당신은 내 안에서 빛나야 아름답습니다

사랑에 관한 한 줄의 시

사랑, 그것을 그 무슨 말로 표현할 수 있으랴.

별은 아름답다

내 머리 위에는 어느새 별이 떠 있다.
고독을 아는 어느 쓸쓸한 남자의 눈망울처럼
별은 맑게 빛나고 있다.

별은 아름답다.
별이 아름다운 건
아주 옛날 세상이 시작되기 전
미리부터 이 세상 모든 이들의 눈물 한 방울이
밤하늘 위에 떨어졌기 때문이다.

이 모든 눈물 한 방울들이 아름다울 수밖에 없는 건
그대들과 내가 모르는 사이에
이미 별이 되어
달빛과 함께 세상을 비추고 있기 때문이다.

별은 하늘에서 빛나야 아름답고,
당신은 내 안에서 빛나야 아름답습니다

울 음

가만히 주위의 모든 소리에 귀 기울여본다.
벌레의 울음소리,
바람소리, 누군가의 울음소리….
오늘도 그 누군가가 잠을 이루지 못하고 울고 있다.
밤마다 벌레와 함께 우는
그 사람은 무엇 때문에 저리도 애타게 우는 것일까.

벌레는 자신의 앞날이 얼마 남지 않았음에 슬퍼하며 울고,
그 사람은 지금보다 더 많은 날들을 살아야 하는 슬픔에
우는 것일까….

원

설령 네가 새가 되어 날아간다 하여도
나는 내 마음에 동그라미 원을 그리며
너를 기다리리라.

별은 하늘에서 빛나야 아름답고,
당신은 내 안에서 빛나야 아름답습니다

장미꽃 부부의 전설

아름다운 많은 것들을 만들어놓으신 하느님께서
무럭무럭 번창해가는 그들의 자손들을 바라보시며
매우 기뻐하고 계실 때
어느 한쪽에서
유난히도 아름다운 장미꽃 부부를 보셨는데
이상하게도 그들에게는 자손들이 없었다.
그리하여 하느님께서는
그 부부와 아름다운 많은 것들을 시험하시기 위해
안개를 만드셨다.

안개라는 것을 알게 된 아름다운 많은 것들은
안개처럼 살고 싶어
안개가 되기 위해
저마다 하느님께 기도드려 안개가 되었지만
유독 장미꽃 부부만큼은 안개가 되지 않았다.
오히려 슬퍼하며
하느님께 그들을 다시 보내달라는 기도로
매일매일 하루를 시작하고 하루를 마무리하였다.

세월은 흘러
장미꽃 부부는 끝까지 안개가 되지 않은 채

생을 마쳤다.

그리하여 하느님께서는
아름다운 많은 것들과 장미꽃 부부를 다시 만드셨다.
또한 그 부부의 자손들도 수많이 만드셨다.
그리고 '나의 시험에도 유혹당하지 않았다' 하시며
그 부부와 자손들에게 상징의 의미로 몸에
가시를 달아주셨다.
그 이후로 장미꽃 부부의 자손들의 자손들이 태어날 때면
몸에 가시를 달고 태어났고,
첨 만드신 안개는 안개꽃이 되어
장미꽃의 영원한 벗이 되었다.
하느님께서 다시 안개를 만드셨을 때는
이 지구별의 거리를 정확히 아시기 위해
가끔 안개를 풀어놓으셨다.

몸에 붙은 가시 때문에 그리고
그들의 벗인 안개꽃 때문에
그 부부와 그 자손들의 모습은 더욱 아름다워졌다는
장미꽃 부부의 전설이 있기에
오늘날의 꽃 중의 꽃,
장미꽃의 모습은 여전히 아름다울 수밖에 없으리라.

별은 하늘에서 빛나야 아름답고,
당신은 내 안에서 빛나야 아름답습니다

여행 일기

1
쓸쓸한 바닷가
갈매기들만이 철없이 울어댄다.
여름이라는 계절에 어울리지 않게
바람은 낮게 불어 내 몸을 흐느끼게 한다.
산은 저가 가진 삶의 깊이와 열정을 다해
노랠 부르고,
한쪽에선 벌건 대낮에
서로에게 애무해주는 게들만이
나를 나무란다.
푸르른 꿈처럼 솟아오른 섬들은
저마다의 자태를 내보이며
갈라진 갯벌 사이로 건너오라는 듯
숨가쁘게 소리친다.

2
저 건너엔 무엇이 있을까.
가혹한 세상의 풍경 속
내가 두고 온 애인의 젖가슴처럼 부풀어오른
저 건너엔 무엇이 있을까.

며칠째
그런 생각만으로
내 몸과 마음은 저 섬들에게 사로잡혔다.

3
가고 싶지만
그곳에 닿기 전에
한세상 저물어버릴까 두려워
가지 못한다.

4
그랬다.
두려움은 내게 또 하나의 좌절이었다.
그것은 언제나 내 안의 나를 가로막아버린 채
가슴속의 상처가 되었다.
그래, 한 번쯤은 저마다 마음의 상처가 꽃피는
이 한세상
지금 당장 저물어버린다 해도
가자, 가보자.

아, 잠깐, 이게 어찌 된 일인가.
아무도 살지 않는 작고 작은 섬들 사이로
벌써 바닷물이 차오르기 시작한다.

별은 하늘에서 빛나야 아름답고,
    당신은 내 안에서 빛나야 아름답습니다

두 손 모아 기도한 날들에 대한 회의

누더기 옷 걸쳐 입고 길을 나선다.
내 가슴에 슬픔을 가득 꽂아놓고
저만치 머물러 있는 시간들이
자칫 잘못하면 다시 올 것도 같은 그런 날에
자욱한 안개비 맞으며 길을 나선다.

흔들리는 거리 안쪽에서 사람들은
사푼사푼 힘들이지 않고 걸어만 간다.
그런데 나는
도대체 어디에다 시선을 두어야 할지 모르겠다.
세 살배기 아이가 걸음마 하듯
조심스레 길을 걸어갈 뿐이다.

아, 돌아보면
분홍빛으로 물들어 있는 까마득한 시간들….
그 시간 속에서
한 청년이 두 손 모아 기도했던
아름다운 옛 시절,
바로 그 시절이 거리 밖으로 젖어든다.

지금 걷고 있는 거리와 별다른 건 없다.

다만 다시 걸어가고 싶어도 걸을 수 없는
지금의 거리와 옛날의 거리 사이에서의 안개비만이
내 앞을 가로막고 서 있다.

별은 하늘에서 빛나야 아름답고,
당신은 내 안에서 빛나야 아름답습니다

자 유

사랑 앞에 무력한 나인데
다시 나그네 되어
저 하늘에 나의 무지개를 그려 넣고 싶었다.
저 수많은 별들을 나의 벗들로 삼고 싶었다.
저 숲을 나의 집으로 여기며 살고 싶었다.
저 바다를 끝없는 나의 눈물이라 믿고 싶었다.

그렇게 다시 나그네가 되겠다던 자유 앞에
사랑보다 더 무력해져
그대 뿌리치고 떠났으니
그대,
나 없는 자유 앞에 한없이 무력해졌던 거로구나.

나무가 잎을 흔들어댈 때
나는 위안이 된다

빛을 잃어가는 저녁 하늘이 사무치게 아름다워
아, 아름다워
나는 나무가 되고 싶다.

너무 깊지 않은 눈으로 세상을 바라보며
잎을 피우는 나무.
오직 그만의 자리에서 조금씩 아주 조금씩
자신의 삶을 넓혀가는 나무.
나는 그런 나무가 되고 싶다.

나는 알고 있다.
이곳저곳을 떠돌아다니며 안절부절못하는 나를
나무만이 이해해준다는 것을,
그래서 잎을 흔들어댄다는 것을….

별은 하늘에서 빛나야 아름답고,
당신은 내 안에서 빛나야 아름답습니다

시인의 고백

눈빛으로 사랑의 마음 전하는 이 있는가 하면
입술로 그 마음 전하는 이 있다.
또한 침묵으로 사랑의 마음 전하는 이 있는가 하면
시로 그 마음 전하려 하는 이 있으니….

너로 인해 나는 구속되었다.
내 가슴속 깊은 곳곳까지 완전히 침범해버린
너의 아름다움으로 인해
나는 구속되었다.
결코 자유로울 수 없으리라.
결코 자유로울 수 없어
나는 너에게로 가리라.
그리하여 충실한 마음으로 인정받는
너의 애인 되리라.
사랑에 목말라
사랑을 구걸하는 자 되리라.

젊은 시인의 꿈

나, 언어의 마술사 되리라 굳게 다짐했던
어린 시절 그 꿈속을 지나
어느덧 어른이 되었다.
하지만 나, 언어의 힘으로
사람들의 가슴속 은밀히 숨겨진 상처 끄집어내어
어루만져주는 그런 언어의 마술사가 되지 못했다.
한낱 시 한 줄 쓰는 것밖에 모르는
어리숙한 젊은이에 불과하다.
하지만 나,
아직 그 꿈을 버리지 않았고
지금도 그것을 꿈꾸고 있다.
내가 하는 말들이
사람들의 상처를 치유하고,
세상의 온갖 슬픔의 무게를
하얀 꽃가루처럼
허공 속으로 가볍게 날려보낼 수 있는,
진정으로 그리할 수 있는
언어의 마술사가 되기를….

별은 하늘에서 빛나야 아름답고,
당신은 내 안에서 빛나야 아름답습니다

겨울을 지나 봄이 오는 계절,
나는 들판에 앉아 하늘을 바라본다

움츠린 내 몸 안에는
온갖 뜨거운 것들이 들어 있다.
아무도 모르고 있는
그 누구도 알 수 없는
온갖 뜨거운 것들이 내 안에 가득 들어 있다.
그것들은 나를 위한 것이 아니다.
그것들은 너를 위한 것이다.
서늘한 세상
바로 이곳에서 내 가슴속에 자리 잡은
너를 위한 사랑이다.

3부

—

그대가 있는 곳에서
살고 싶다

이 별

까만 하늘
그 속에 내 두 눈을 수놓고 싶다.
마치 저 별들처럼….

나는 가슴이 아프도다

나는 가슴이 아프도다.
내 눈물이 끝끝내 너를 쫓아가지 못해
내 손이 끝끝내 너를 붙잡지 못해
내 사랑의 그리움이 끝끝내 너를 그리워하지 못해
나는 가슴이 아프도다.
오늘 나는 가슴이 아프면서도
빵 한 조각과 물 한 모금을 찾는도다.

별은 하늘에서 빛나야 아름답고,
당신은 내 안에서 빛나야 아름답습니다

내 눈에서 눈물이 나오려 했다

내 눈에서 눈물이 나오려 했다.
너를 바라보고 있으면 눈물이 나오려 했다.
끝없이 깊어지는 너에 대한 갈망을 터뜨릴 수 없어
내 눈에서 눈물이 나오려 했다.

내 사랑은 슬펐다.
네가 내 사랑을 감당하기엔
너무나도 나약한 가슴을 갖고 있었기에….
또한 그걸 처음부터 알고 있으면서도 시작한
사랑이었기에
내 사랑은 슬펐다.

눈치 챌까 두려워 눈물을 삼키며
슬픔을 간직한 채 지나온
너와 나의 사랑은 끝났다.

눈물이 흐른다.
가슴속으로 애써 삼켰던 그 눈물이
이제는 내 앞에 네가 없어
흐른다,
계속해서 흐른다.

거짓으로 쓴 시

내가 너에게 했던 말들을 잊어라.
그 말들이 아직도 너의 가슴속에 묻혀 있으면 큰일이다.

나는 벌써 너의 말들과 너의 사랑과 너의 존재를 잊었다.
잊어라, 모두 잊어라.
그래야만 되는 우리의 인연은 이것밖에 되지 않으니
어서 잊어라.
그러고는 너의 길을 묵묵히 걸어가라.
차가운 밤,
눈물로 채워졌던 아픈 그 거리를 생각하면서….

별은 하늘에서 빛나야 아름답고,
당신은 내 안에서 빛나야 아름답습니다

사랑과 이별 사이에는

사랑과 이별 사이에는
오로지 무지함만이 존재한다.
무지함이 다 끝나가면
우리는 그때야 비로소 알게 된다.
그 무지함에 대하여….

그대를 사랑했던 날들에 대한
미련은 있을지언정 후회는 없다

그때

별들은 금방이라도 바닷물 속에 빠질 것처럼

멀리 수평선이 보이는 밤하늘 위에

수없이 모여 있었다.

마치 우리의 사랑을 예감이라도 한 듯….

그때

그대와 내가 그 모습을 바라보며

그 별들만큼이나 아름다운 사랑을 시작했던 곳.

나는 지금 그곳에 와 있다.

수많았던 그 별들처럼

우리들의 언어가 별들의 언어가 되고

사랑의 언어가 되어

주고받은 수많았던 얘기들….

우리는 그제야 운명을 알았고

서로의 가슴에 사랑을 심어주었다.

하지만 그러한 것들은 이미 옛날의 추억이 되어버렸고

다시는 그대와 함께 할 수 없다는 것 또한 알지만

우리가 그토록 사랑했던 것,

그것으로 인해

내게 남겨진 한 줄의 시를

별은 하늘에서 빛나야 아름답고,
당신은 내 안에서 빛나야 아름답습니다

침묵하고 싶은 듯
침묵하고 싶지 않은 듯
나는 말한다.

그대를 사랑했던 날들에 대한
미련은 있을지언정 후회는 없다.

우리의 사랑은 시작되는 슬픔이었다

눈물 한 조각으로 다가가
그대 가슴에 참으로 아픈 사랑을 꽂았었구나.

별은 하늘에서 빛나야 아름답고,
당신은 내 안에서 빛나야 아름답습니다

그대가 있는 곳에서 살고 싶다

그대가 있는 곳은
삶들이 만발하는 이 세상 위
내 가슴에 잠들어 있는 사랑
머릿속에서 나오는 꽉 막힌 무언의 말들로
날 설득시키지 아니하는
꾸밈없는 마음
거짓 없는 진실함

나는 아무것도 가진 것 없이
그대가 있는 곳에서 살고 싶다

물안개, 그조차 아무것도 아니다

강에서 피어오른 물안개를 바라보면서
나는 내 존재에 대해 잃어갔다.

언제나 난 시를 쓰며
그 속에서 내 자신을 찾으려 했고,
그 속에서 나를 꿈꾸어왔었다.
그만큼 삶을 살아간다는 것이
괴로웠다.
그러나 삶이란 결국 아무것도 아닌 것에서부터 시작되어
아무것도 아닌 것으로 끝이 나는 것 아니겠는가.
그걸 알고 있으면서도 늘상 그것에 대해
대항하려 했던 것이 괴로웠다.

물안개, 나는 그것을 바라보며 알 수 있었다.
그조차 아무것도 아니라는 사실을,
한때 걷잡을 수 없이 피어오르다
허무하게 사라져버리고야 마는
물안개, 그조차 아무것도 아니라는 사실을….

강에서 피어오른 물안개를 하염없이 바라보면서
나는 내 존재에 대해 잃어갔다.

별은 하늘에서 빛나야 아름답고,
당신은 내 안에서 빛나야 아름답습니다

눈 물

1
이 세상에서의 눈물이라는 것은
참으로 바보 같은 흔적이네.
눈물을 흘려본들 그 무엇이 달라질 수 있겠는가.
세상은 그토록 많은 사람들의 눈물을 지켜봤으면서도
아직 응답조차 없지 않은가.
그러나 난 그 바보 같은 눈물을 오늘도 흘려야만 했네.

2
어머니,
눈물 많은 이 아들 부디 용서해주오.
바보 같은 이 아들,
바보 같은 이 세상에서, 바보 같은 눈물 흘리며
새삼 머리카락 한 가닥 없이 태어난 것을 원망했었소.

당신은 못내 가슴으로 눈물을 흘리고 계시는데,
괜스레 이 못난 아들 하나 때문에
오랜 세월 가슴이 메어져오는
슬픔으로 살아오신 걸 알고 있는데,
지금 이 순간에도

나보다 더 가슴 시리도록 아파하심을 알고 있는데,
나, 오늘도 눈물 흘리며
어머니 당신을 원망했었네.

어머니,
눈물 많은 이 아들 부디 용서헤주오.

별은 하늘에서 빛나야 아름답고,
당신은 내 안에서 빛나야 아름답습니다

어린 해바라기와 나에게는
시간이 필요하다

여기
한 어린 해바라기가 서 있다.
아직 아무것도 모르는 어린 해바라기
주위에는 어른 해바라기들이
태양을 가리고 서 있어
이 어린 해바라기가 해바라기의 이름을 갖고
태어난 것을 무색하게 만든다.
꿀벌들도
어린 해바라기에게는 신경을 쓰지 않는다.
나는 아무도 돌봐주지 않는
어린 해바라기를 바라보고 있다.
나를 바라보는 것처럼 바라보고 있다.
이 어린 해바라기와 나에게는 시간이 필요하다.

길

그가 산으로 갔을 적에
그곳에는 속세에서 벗어난 산인들이
몇몇 살고 있었다.
하지만 그가 원한 삶은 그런 것이 아니라며
산을 원망하고 그들을 원망했다.

그가 바다로 갔을 적에
그곳에는 나그네들만의 집이 하나 있었는데
무슨 의미에서인지
그 집은 자꾸 그의 가슴을 밀치고
그의 심장을 조였다.

그가 언덕 위에 올랐을 적에
별들이 가장 맑게 보였던 순간
유언을 하려 했지만
그의 유언이 채 끝나기도 전에
세상은 잠에서 깨어나 십일월의 새벽 별들을
사라지게 했다.

그는 이제 헤맴이 시간들을 등지고
집으로 되돌아가는 길 위에 서서

별은 하늘에서 빛나야 아름답고,
당신은 내 안에서 빛나야 아름답습니다

진정 그 자신에게 가는 길을 찾아 걷고 싶어한다.

제목 없는 시 2

때로는 별을 바라보며
혼자 있음을 노래했지만
때로는 내 마음속에 눈물의 씨앗을 뿌렸다.
어둠 속을 헤매는 절망을 내 안 가득히
불러 모으기도 했다.
그럴수록 힘들어지는 것은
나 자신이었다.
감당할 수조차 없었던 거대한 눈물의 무게 앞에
삶이 짓눌려지는 것만 같았다.

무엇이었는가,
나를 그토록 힘들게 해온 것은….
상처 주는 것과 상처받음의 두려움,
바로 그 때문이었는가.
아니다, 난 스스로 내 삶을 괴롭혀온 것이었다.
그렇다, 그런 것이었다.

하지만
내게서부터 비롯된 그 슬픔들을
이제 나는
내게서부터 끝을 맺는다.

별은 하늘에서 빛나야 아름답고,
당신은 내 안에서 빛나야 아름답습니다

산다는 것

그렇게 섬에서 여름과 가을을 지내고
돌아왔다.
여행의 시작이 있으면
끝이 있다는 것 또한 알기에
내게로
벌써 추위가 밀려오는 것 같다.

바람개비가 돌아가면
세상은 아름다워진다

1
한 아이가 내게 말했다.
바람이 맑고 투명한 것은
자신의 존재를 숨기기 위해서라고.
또 다른 아이가 내게 말했다.
바람이 부는 것은
바람개비를 돌려주기 위해서라고.
그렇게 말한 후,
그 두 아이는 다른 아이들이 있는 무리 속으로
바람개비를 돌리며 내게서 멀어져갔다.

2
그날 밤,
나는 꿈을 꾸었다.
바람개비를 돌리는 아이들의
천진무구한 모습 속에 비춰진
나의 어린 시절, 맑고 투명한 그 시절이
내 앞으로 다가와 속삭였다.

아름다운 그대여,

별은 하늘에서 빛나야 아름답고,
당신은 내 안에서 빛나야 아름답습니다

그대 자신을 기억하여라.
그대 자신을 소중히 간직하여라.

3
나는 바람개비 하나를 들고
그 아이들이 있는 곳으로 갔다.
더 많은 아이들,
어제보다 더 많은 아이들이
하루해가 사라져가는 저물녘에도
집에 가지 않고
여전히 바람개비를 돌리고 있다.
어느새 나 또한 그 아이들의 꿈결 같은 영혼 속에 묻혀
바람개비를 돌린다.

바람은 멈추지 않는다.
그 아이들과 나도 멈추지 않는다.
세상의 모든 바람개비가 멈추지 않아야 하는 건
별처럼 반짝이고
바람처럼 살아 숨쉬는 순수를 위해서다.
그렇다, 바로 그런 것이기에
바람개비가 돌아가면 세상은 아름다워진다.

4부

—

사랑했던 날들은 숨어버렸다

눈

새벽바람을 따라
눈이 내리는 길가를 거닐었습니다.
아직 여행을 떠나지 못한
낙엽들이 눈에 덮여가고 있는 모습을 보았습니다.
가로수 등이 안일하게 켜져 있는 거리는
그 낙엽들처럼 외로워 보였습니다.
그대 떠나간 빈자리처럼….

삼 월

바람은 내 가슴속 깊은 곳 스며들어
내 육신과 혼을 떨리게 한다.
그러나 별들의 눈빛만큼은 여전히 따스하다.

별은 하늘에서 빛나야 아름답고,
당신은 내 안에서 빛나야 아름답습니다

봄

지금 막 숲 속에서 나와 서로의 눈을 비벼주며
내가 서 있는 곳으로 다가오는 저 수많은 벌레들은
알고 있다.
이 별에서 저 별에게로 가는 시간은
그리 오래 걸리지 않는다는 것을….

불 씨

내가 당신을 사랑했던 것은
당신의 그 따뜻한 가슴이 사랑으로만 가득한
불씨였기 때문입니다.

내가 아직도 당신을 잊지 못하는 것은
당신의 가슴에서 느껴졌던 불씨 한 조각이
내 가슴속에 들어왔기 때문입니다.

별은 하늘에서 빛나야 아름답고,
당신은 내 안에서 빛나야 아름답습니다

사 월

내 어두운 영혼의 그림자여,
내 영혼보다 더 어두운 그림자여,
나를 버려다오.
세상을 버려다오.

한낮에 뜨는 별

한낮에도 뜨는 별이 있다.
태양에 가려 사람들은 볼 수 없지만
나를 슬프게 하는 별 하나가 있다.
그 별은 나의 고향
애별이라고 부른다.
난
밤에도 낮에도 올려다본다.
지구별이라 불리는 이곳에서
밤이 되면
어떤 남자와 여자가 밤하늘의 별을 세는 가운데
난 그 옆에서
나의 고향을 그리워하며
시를 쓴다.
애별은
밤이나 낮이나 항상 떠 있다.
나를 더욱 외롭게 하려고….

별은 하늘에서 빛나야 아름답고,
당신은 내 안에서 빛나야 아름답습니다

이별의 시간

이제 그만
눈물을 닦고
흐르는 강물에 슬픔을 던져라.
내가 원한 삶이
네가 원한 삶이었고
네가 원한 삶이
내가 원한 삶이었다는 걸 안다.
하지만
이별할 때를 알고
과감히 뒤돌아서는 자의 뒷모습은 아름답다고
누군가도 말하지 않았는가.
그러니
어서 내 앞에 너의 등을 보여라.
나의 눈을 보려 하지 말고
네 삶을 인도하는 눈을 따라
너의 길을 가라.

영원히 함께 하고 싶었지만,
그럴 수 없는 우리의 인연은
아니, 우리 사랑의 운명은 여기까진가 보구나.

욕망의 들판에는
오직 들풀만이 살고 있다

욕망의 들판에는 오직 들풀만이 살고 있는데
그 들판에 누워 그 무엇을 얻어내지 못해
발버둥쳤던 자여,

나는 누구였는가.

나는 벌거벗은 알몸이었기에
무엇인가를 얻으려 했지만
그 무엇을 얻으려 하면 할수록
벌레들이 내 발가락을 갉아먹었다.

그리하여 산으로 갔지만
미처 다 오르지 못해
난 잠시 산 바위에 맨발로 서 있었다.
그때 산새들이 그새 내 머리 위에 둥지를 틀고
깜짝 놀라 바짝 세운 내 머리칼을 갉아먹었다.

나는 하는 수 없이 바다로 갔다.
그곳에서 나는 눈물을 흘리며
내가 어리석었다는 것을
알게 되었다.

별은 하늘에서 빛나야 아름답고,
당신은 내 안에서 빛나야 아름답습니다

그러나 바다는
내 눈물을 알아주지 않았고
그 눈물의 의미조차 알려 하지 않았다.
나는 목까지 차오르도록 바닷물에 몸을 담갔다.
그 속에서 내 알몸을 바라보는 물고기들이
내 앞으로 다가와 세상도 모르는 사이에
나의 음부를 사정없이 갉아먹었다.

욕망의 들판에는 오직 들풀만이 살고 있다.

세 월

1

바람결에 별빛이 흔들리는 모습은
첨 만나 사랑했던
잊혀져가는 옛 애인의 눈동자였으리라.

2

미처 버리지 못한 것들과
가질 수 없어 아쉬워했던 것들에 대한 생각으로
나는 내 안의 깊고 깊은 어둠을 마셨다.

까마귀 울음소리처럼 가슴을 헤집는 빗소리가
하루 종일 내 마음을 기웃거리며
아물거리는 기억들과 상처들을 들쑤셔놓았다.

3

떠도는 나그네의 삶처럼
내 삶 또한 어딘가를 정처 없이 기웃거리고 있다.
무엇을 위해 그렇게 슬퍼하고 아파하며 살아왔을까.
사랑만이 전부라 믿었던 시절,

별은 하늘에서 빛나야 아름답고,
당신은 내 안에서 빛나야 아름답습니다

고개를 들어 별을 올려다본 시절,
그 숱한 날들 속에서 아침의 태양처럼 설레던
찬란한 기억들이 흐려져간다.

나의 마음을,
나의 가슴을 침범했던 꽃잎과 세월들이
떠나간다.
내게서 멀리
아주 멀리….

허물을 벗은 자와
허물을 벗어야만 하는 자

인간이 벗는 허물은 나무의 허물보다 못하고
가재의 허물보다 못하다.
허물을 벗은 자와
허물을 벗어야만 하는 자,
허물을 벗은 자는
오로지 나무의 허물과 가재의 허물만이 알아본다.
허물을 벗어야만 하는 자는
아직 벗지도 않은 허물을
이미 벗었다고 말하는 자다.

나는 인간이다.
허물을 벗은 자도,
허물을 벗어야만 하는 자도 아니다.
나는 허물 안에 갇혀서 지내는 자다.

별은 하늘에서 빛나야 아름답고,
당신은 내 안에서 빛나야 아름답습니다

옛 애인을 위하여

한때 나는 아무도 살지 않는 외딴섬으로 가서
당신만을 생각하며 살고 싶었다.

한때 나는 당신에게로 가서
그 시절 당신의 오해를
눈물을 다해 설득하고 싶었다.

한때 내 가슴속 깊이 머물다간 사랑을
이제 더 이상 원망하지 않으리라.

강물 위에

강물 위에
내 삶이, 내 사랑의 추억이 흐른다.
그 속에 저녁의 아름다움이 흐른다.

당신과 함께 손을 잡고서
바라보던 강물, 그 위에
우리가 나누었던
사랑의 얘기들이, 그날의 약속들이 흐른다.

내겐 아직 추억이 되지 못한 것들을
추억이라 부르는 것은 슬픔인지라
이제 당신을 당신이라 부를 수 없는 것 또한 슬픔인지라
나 홀로 바라보는 강물 위에
내 안의 깊이를 한없이 비추는 어떤 빛….

그랬지, 그랬었지.
당신과 함께
나는 그 위에 세상의 모든 흐름을 바라보면서
당신의 사랑이 나에게로
나의 사랑이 당신에게로
서로의 깊은 곳 흐르고 있음을 느낄 수 있었지.

별은 하늘에서 빛나야 아름답고,
당신은 내 안에서 빛나야 아름답습니다

강물 위에
내 삶이, 내 사랑의 추억이 흐른다.
그 속에 저녁의 아름다움이 흐른다.

추억을 들추며

기억하지 않아도 될 것을
나는 기억하리라.
한 여인과의 불완전했던 사랑의 감정,
이미 다 지나가버렸다는 것을….

한 여인을 사랑했던 내 가슴은
이제 더 이상 내 가슴이 아닐지라도
새삼 예전의 그 가슴을 그리워할 필요는 없으리라.

사랑했던 날들은 숨어버렸다.
한 여인을 데리고,
태양처럼 타오르던 예전의 내 가슴을 데리고….

이제 와서 굳이 한 여인과의 추억을
심각하게 들춰볼 필요는 없으리라.
추억은 추억으로서 아름답다.

별은 하늘에서 빛나야 아름답고,
당신은 내 안에서 빛나야 아름답습니다

무한한 덧없음

버리고 싶었다.
원망하고 싶었다.

아무것도 아닌 것들이 저마다 나를 굴복시키려 하는
쓸쓸한 이 세상에서
나는 내가 가지고 태어난 모든 것을 버려둔 채
원망하고 싶었다.
버릴 것이 없어 더 버리고 싶었다.

그대여,
그대는 알고 있는가.
내가 태어난 이유를,
슬픔으로 만들어진 노랠, 눈물로 부르며 살아가는
사람들의 숨겨진 이유를….

덧없는 것은 삶이 아니다.
주어진 삶에 대하여 그 이유를 찾으려는 것이
덧없음이다.
그것이 무한한 덧없음이다.

자유는

자유는 내게
산만큼 부풀어오른 진정한 자유를 주었지만
자유는 내게
이별이라는 사랑의 고통을 안겨주었다.
집을 떠나 넉넉한 바람의 숨결을 느낄 수 있는
기쁨 대신에….

별은 하늘에서 빛나야 아름답고,
당신은 내 안에서 빛나야 아름답습니다

5부

—

밤새 눈물로 쓴 편지를

기쁨에게 보내어

시월의 아침

비록 몸은 망가져가고 있어도
마음만큼은 망가뜨리지 않으려 한 것이
나를 힘들게 만들었다.
그것이 견딜 수 없어
언제나 나는 고개를 숙이고 있어야만 했다.

시월의 아침,
조용히 바람을 몰고 온 그 무엇이
내 앞으로 다가와 나보다 더 고개를 숙였다.
부끄러워졌다.
내 삶이 부끄러워졌다.
그래서 난 고개를 들고 말았다.
순간 나보다 더 고개를 숙였던 그 무엇은
사라졌다.
나는 더욱이 부끄러워졌다.

고 독

한동안 나는 울었다.
책상 앞에 앉아
몇몇 권의 책을 읽으면서도
나는 울었다.
나를 고독하게 만드는 세상에 대한 서러움으로
나는 울었다.

그랬다.
나는 고독했다.
그리하여 나는 주위의 여러 사람들에게
삶은 고독한 것이라 말해왔지만
고독은 세상의 언어와 함께 머물 수 없다는 걸,
오직 침묵만이 고독과 함께 머물 수 있다는 걸 알게 되었다.

나는 고독했지만, 고독하지 않았다.
다만 고독한 체했을 뿐이리라.

별은 하늘에서 빛나야 아름답고,
당신은 내 안에서 빛나야 아름답습니다

너와 나 사이

나무와 나무 사이
집과 집 사이
길과 길 사이
나라와 나라 사이
별과 별 사이

너와 나 사이에 존재하는 공간이 너무 멀다
그것들 사이에 존재하는 모든 공간을
사랑으로 가득 채울 수 있다면
진정 그럴 수만 있다면
서로 떨어져 있는 너와 나 사이에
지금보다 더 머언 어떤 공간이 자리잡고 있다 하여도
더욱 멀어진 슬픔의 거리는 사랑의 거리가 되겠지
또 사무치게 그리워하거나
그 그리움 속에 끝없는 두려움을
마음 졸이며 느낄 필요는 없겠지

나무와 나무 사이
집과 집 사이
길과 길 사이
나라와 나라 사이

별과 별 사이

너와 나 사이에 존재하는 공간이 너무 멀다
그것들 사이에 존재하는 모든 공간을
사랑으로 가득 채울 수 있다면
진정 그럴 수만 있다면

아, 내 사랑이
이 모든 것을 채우기에는
그리하여 너에게로 가 닿기에는
너무나 작은 것에 지나지 않는다

별은 하늘에서 빛나야 아름답고,
당신은 내 안에서 빛나야 아름답습니다

세상의 거리

깊은 외로움을 가누지 못하고
나는 쓰러졌습니다.
그날의 슬픔, 그날
내가 쓰러졌던 거리….
하지만 나 하나 일으켜줄 사람 없어
홀로 일어서야만 했습니다.
그 거리 위에는
아직도 말할 수 없는 슬픔이 가득합니다.

다시 일어나
그 거리 위를 지나는 순간에도
나는 외로워서 방황하고 있었습니다.
그래서 나는 인간일 수밖에 없습니다.

야생화 한 송이

누가
이 꽃 한 송이 여기에 심어놓았을까
야생화 한 송이
내가 가는 길을 멈춰 세운다
나, 그것을 바라보며 잠시
시간을 초월한다

과거의 다른 생애 속에서 꼭 나였을 것만 같은
지금의 또 다른 나일 것만 같은 너
이름 하나 못 가진 채로 태어나
그대로 생을 마쳐야만 하는
이 꽃 한 송이의 슬픈 운명이 안타까워
나, 이 야생화에게 이름 하나 지어주고
가던 길을 마저 가려 한다

세혁아!
태양처럼 별처럼 살아만다오

오늘도 나는 몸이 아프다

침묵에 존재하고 싶었다.
그렇게 아무런 말없이
내 젊은 날을 보내고 싶었다.
그러나 나는 그리할 수 없었다.
한때 너무도 뜨거웠던 정열에 이끌려
입으로 내뱉은 몇 마디의 말들이
내 영혼을 밤보다 더 어둡게 만들었다
후회가 구름을 타고
빗방울이 되어 떨어졌다.
나는 맨몸으로 그 빗방울들을 거듭하여 맞으며
내 젊은 날을 보냈다.

오늘도 나는 몸이 아프다.

인 생

기뻐하는 자여
얼굴의 웃음을 감추어
마음의 미소를 그려
잠시 기다림의 시간을 가져보아라

슬퍼하는 자여
밤새 눈물로 쓴 편지를
기쁨에게 보내어
잠시 기다림의 시간을 가져보아라

기뻐하며 슬퍼하는 자여
슬퍼하며 기뻐하는 자여
영원하라

별은 하늘에서 빛나야 아름답고,
당신은 내 안에서 빛나야 아름답습니다

나는 잠시 지구별에 머물다

키 큰 해바라기의 눈이
키 작은 나의 눈을 바라보며 말하고 있다.
이 별에서의 삶은
여기까지라고.

나의 벗에게

세상의 모든 근심을 짊어지고 가는 이여,
뭐가 그리도 아름답지 못한 것이 많은가.
너에게 있어 근심거리들은
너의 슬픔이라는 것을 모르는가.
너의 근심이 깊어지면 깊어질수록
너의 가슴은 멍이 들어간다는 것을 모르는가.

그러다 어느 날 문득 아픔이 시작된다는 것을
너는 모르니?

물어보렴,
세상의 모든 근심을 등지고 당당히 서 있는
너의 나무에게….

말해보렴,
세상의 모든 근심을 짊어지고 가는 너에게서부터
어쩔 수 없는 그 슬픔은 시작되었다고….

별은 하늘에서 빛나야 아름답고,
당신은 내 안에서 빛나야 아름답습니다

정 열

바람을 사랑하는 나그네가
사람을 사랑한다는 것은
그리 쉽지 않은 일이다
그래서 그는 언제나 고독하다
해질녘
그는 들판에 누워
잠시 눈을 감고
자신이 앞으로 살아갈 날들에 대해
염려하기 시작한다
그러나 그의 가슴은 뜨겁다
그는 그 뜨거운 가슴을 안고서
자신이 앞으로 살아갈 날들에 대해
다시 한 번 생각해보니
그리 염려하지 않아도 될 듯하다
나그네는 홀가분한 마음으로 일어나
해 뜨는 쪽을 향해 다시 들판을 걸어간다